Dein Vater hat gesessen

Vom Aufwachsen in Krieg und Nachkriegszeit

Lore I. Lehmann

Impressum

Umschlaggestaltung: Peter Regenfuß
Illustrationen: privat

© 2018 Lore I. Lehmann

Herstellung und Verlag: BoD – Books on Demand,
Norderstedt

ISBN 9783746006482

Inhalt

DEIN VATER HAT GESESSEN!

„Dein Vater hat gesessen!", sagte Ursel triumphierend zu Nora. „Mein Vater hat das rausgefunden."

„Wie – gesessen?" fragte Nora verständnislos.

„Na, Mensch – im Gefängnis natürlich!" Sie waren beide sechs Jahre alt und wussten, ins Gefängnis kamen Diebe und Mörder.

Die kleine Nora antwortete zwar „Quatsch, du spinnst ja!", aber sie war erschrocken und sich ihrer Sache keineswegs sicher.

Ihre Eltern unterhielten sich manchmal so rätselhaft, dass sie einfach nichts verstehen konnte. Sie fühlte immer wieder, dass es Geheimnisse gab, aber etwas Schlimmes konnte es doch bestimmt nicht sein. Und solange sie zurückdenken konnte, war ihr Vater meistens bei ihnen gewesen, also nicht in einem Gefängnis. Sogar aus ihrer Babyzeit gab es Fotos mit ihm.

Ursel wohnte mit ihrer Familie in der Wohnung über ihnen. Die beiden Mädchen waren keine guten Freundinnen, aber sie spielten sehr häufig miteinander. Zwischen den beiden Familien gab es nur wenige Kontakte. Sie hatten die einzigen Autos in der Straße, doch irgendwie war das Auto der Rinks nicht anständig und das von Noras eigener Familie war anständig. Herr Rink war ein Schieber auf dem Schwarzmarkt, so hieß es, das war nicht anständig, und Noras Vater hatte eine Zeitung, das war ein anständiger Beruf. Aber wenn er doch vielleicht wirklich mal im Gefängnis gewesen war?

Ursel erzählte bald auch den Spielgefährten in der Straße, dass Noras Vater früher gesessen hatte. Nora konnte immer nur hilflos antworten: „Nein, das stimmt überhaupt gar nicht!" Sie brauchte jetzt Hilfe von ihren Eltern. Ihren Vater konnte Nora auf keinen Fall dazu befragen. Der sprach nie über persönliche Dinge und wäre bestimmt sehr ungehalten geworden. Aber ihre Mutter hatte selbst schon eine süffisante Stichelei von Frau Rink gehört und erahnte Noras Nöte. Sie erklärte ihr, dass bis vor einem Jahr, also bis Ende des Krieges, ganz böse Menschen, die Nazis, über alles bestimmen konnten und ungeheuer viele Menschen getötet hätten. Ihr Vati hätte das schon im Voraus erkannt und so lange gegen diese Bösen geschrieben und geredet, bis sie ihn schließlich viele Jahre lang eingesperrt und gequält hätten. Er war also kein Verbrecher gewesen, sondern ein mutiger Held! Sie solle auf ihn stolz sein.

Nora hatte ihren Vater sehr gern und versuchte nun, stolz auf ihn zu sein. Aber die anderen Kinder verstanden die Erklärung der Mutter nicht. Sie meinten weiterhin: wenn die Nazis jemanden eingesperrt hatten, dann war auch etwas dran gewesen. Irgendetwas Schlechtes musste er vorher getan haben.

Dagegen konnte man nichts machen. Sie musste einfach damit leben. Aber bald wurde über die Nazi-Zeit sowieso überhaupt nicht mehr gesprochen.

Doch als sie etwa 16 Jahre alt war, wurden Ereignisse aus jener fernen Zeit plötzlich zu einem großen Thema zwischen ihr und ihrer Mutter.

Noras ganze Kindheit hindurch hatte die Mutter immer wieder mit Nachdruck darauf hingewiesen, wie sehr ihre Tochter doch in fast allem dem Vater ähnlich war, auch äußerlich. Nun war es aber so, dass die Mutter sehr gut aussah, der Vater jedoch nicht. Nora konnte diese Vergleiche immer schlechter vertragen. „Hör endlich damit auf!" fuhr sie eines Tages ihre Mutter an. „Ich weiß, dass ich nicht so toll bin wie du. Du brauchst es nicht dauernd zu betonen!" Ihre Mutter fühlte sich gekränkt und missverstanden. Nachdem sie sich ein wenig erholt hatte, erzählte sie ihrer Tochter zum ersten Mal ausführlich die Geschichte der Beziehung zwischen ihr und ihrem Mann, die lange vor Noras Geburt begonnen hatte.

Ingeborg und Fritz hatten sich Ende der zwanziger Jahre kennengelernt. Er war ein in manchen Kreisen sehr bekannter pazifistischer Publizist in mittleren Jahren. Ingeborg war zwanzig Jahre jünger. Sie hatte ihn von ferne verehrt und schaffte es schließlich, seine Sekretärin zu werden. Sie war temperamentvoll und sehr emotional, er eher nüchtern, wortkarg und spröde. Aber manchmal ziehen sich Gegensätze wohl tatsächlich an: zwischen beiden entwickelte sich ganz, ganz langsam eine große Liebe. Eine weitgehend geheim gehaltene Liebe.

Beide waren sich einig in ihrer Ablehnung des Nationalsozialismus, und Ingeborg unterstützte ohne Wenn und Aber Fritz' Aktionen gegen die schnell stärker werdenden Nazis. Die Gefahr wurde für ihn immer größer, aber Fritz lehnte den Rat von Freunden und Mitstreitern ab, sich ins Ausland zu retten. Und so wurde er dann sofort nach der Machtergreifung der Nazis verhaftet und in eins der ersten und noch provisorischen KZs gebracht.

Hier in Oranienburg erhielt Ingeborg schließlich eine Besuchserlaubnis, weil sie sich als Fritz' offizielle Verlobte ausgab. Unter den Augen der Bewacher strich er über ihren gerade selbst gekauften Ring, sagte, er stehe ihr gut und sie solle ihn für immer tragen. Das war ihre eigentliche Verlobung!

In den folgenden fünfeinhalb Jahren wurde Fritz in wechselnde KZs verlegt. Ingeborg hatte bald Arbeit gefunden, konnte sich also finanziell einigermaßen über Wasser halten. Sie hatte auch Freundinnen und Freunde und Verwandte, war daher nicht immer allein. Doch wie fühlte sie sich wohl in jener Zeit? Der Mann, den sie liebte, wurde unter unmenschlichen Bedingungen gefangen gehalten, und es war kein Ende dieser Haft abzusehen. Sie konnte nicht davon ausgehen, dass sie ihn eines Tages in Freiheit wiedersehen würde. Sie wusste nicht, wie weit er litt, denn das hätte er niemals erkennen lassen. Im Übrigen wurde ihr Leben durch eine strenge Auflage der Behörden erschwert: sie durfte mit niemandem über Fritz' Haft sprechen.

Entmutigen ließ sich Ingeborg trotzdem nur selten. Sie machte immer wieder Eingaben bei den Behörden und stellte Anträge. Dreimal fuhr sie nach England, um sich dort zu erholen, aber vor allem, um einflussreiche Politiker dafür zu gewinnen, sich für ihren Verlobten einzusetzen. Doch Erfolge dieser Mühen waren nicht erkennbar.

Ingeborg war nun bald Ende zwanzig und fühlte sich von Männern sehr umschwärmt. Gelegentlich ließ sie sich auch mal zum Tanzen oder in eine Weinstube einladen, doch früh an solchen Abenden fing sie an, begeistert von ihrem Verlobten zu sprechen, der gerade auf Reisen wäre, und prompt endete dann der Abend harmlos.

Doch nach über vier Jahren der Einsamkeit und des Wartens auf Fritz lernte sie einen gut aussehenden und charmanten jungen Mann kennen, bei dem alles anders war. Sie verliebte sich!

Das war nun wunderbar und schrecklich zugleich. Zuerst konnte Ingeborg mit diesem Dilemma zwischen Treue und Begehren nicht umgehen. Schließlich traute sie sich doch eine enge Beziehung zu diesem Mann zu. Werner hieß er. Eine Weile ging es ihr sehr gut damit, und sie erlebte viele glückliche Momente. Da sie ihm vertraute, hatte sie ihm ein Foto ihres Verlobten gezeigt und ihm nach und nach von Fritz' Odyssee durch die KZs erzählt und von ihren Bemühungen um ihn. Werner zeigte sich anfangs verständnisvoll, doch zunehmend versuchte er, ihr die Aussichtslosigkeit ihres Wartens deutlich zu machen und sie zu überreden, mit ihm ein neues Leben aufzubauen und eine Familie zu gründen. Er wollte ihr die – wie er meinte – falsch verstandene und wohl längst nicht mehr mit wahrer Liebe verbundene Treueverpflichtung ausreden.

In jenen Monaten war Fritz in das neue KZ Buchenwald verlegt worden. Hier wurden alle Regeln besonders streng angewandt, es gab viele Schikanen, kaum Besuchserlaubnisse, häufig Schreibverbote. Man hörte immer wieder von plötzlichen Todesfällen. Die Unruhe unter den Angehörigen der Häftlinge wuchs. Ingeborg schmückte nun noch konsequenter an den wichtigen Feiertagen der Nationalsozialisten ihre Wohnung, hielt Bier und Zigarren bereit für den Fall einer plötzlichen Amnestie. Doch jedes Mal verstrich ein solcher Termin.

Immer wieder während ihrer seit sieben Monaten gelebten neuen Liebe hatte Ingeborg befürchtet, sich innerlich eines Tages unwiderruflich von Fritz zu entfernen. Das wollte sie jedoch niemals und auf keinen Fall zulassen, das hatte sie Werner auch immer wieder versichert. Sie beschloss, sich von ihm zu trennen.

Das war für beide sehr schmerzlich. An dem Abend, der ihr letzter sein sollte, holte Werner sie von ihrer Wohnung ab. Auf der Straße umarmte und küsste er sie zur Begrüßung, und sie machten sich auf zu der kleinen Kneipe, in der sie so oft zusammen gesessen hatten. Viele Stunden blieben sie dort und redeten und schwiegen.

Später begleitete Werner sie zurück und verabschiedete sich von ihr vor dem Haus.

Ingeborg schloss ihre Wohnungstür auf, und ein Zettel flatterte auf den Boden, der wohl in den Türspalt geklemmt worden war. Darauf stand: ...wird mit dem heutigen Tag der Schutzhäftling ...aus dem Konzentrationslager Buchenwald ...

Als sie ihrer Tochter siebzehn Jahre später von diesem Moment berichten wollte, versagte ihr die Stimme, und noch nach so langer Zeit schluchzte sie verzweifelt und hilflos.

Sie schlief damals nicht mehr in diesen restlichen Nachtstunden. Morgens klingelte es an der Tür, und dort stand nun Fritz, nach fünfeinhalb Jahren wieder in Freiheit, mit kahlgeschorenem Kopf und in alten Kleidungsstücken, die nach dem Desinfektionsmittel des Lagers rochen.

Irgendwann im Laufe dieses Tages fragte er Ingeborg, wo sie eigentlich am Abend zuvor gewesen sei, vielleicht bei ihrer besten Freundin Ilse? Doch sie betrat diese Brücke nicht, sagte, sie sei mit einem Mann aus gewesen. Fritz lächelte zu ihrem Erstaunen. Er war erleichtert über ihre ehrliche Antwort, er hatte sie und Werner am Abend nämlich zusammen gesehen. Gesehen, wie sie sich vor dem Haus geküsst hatten und dann fortgegangen waren.

Nie wieder wurde danach zwischen Fritz und Ingeborg dieser Tag erwähnt, nicht der Mann Werner, nicht ihre Beziehung zu ihm. Es gab keine Erklärungen, auch niemals einen Vorwurf. Es war ein Tabu für immer. Was machte Fritz mit dem Schmerz, den er bei seiner Heimkehr gefühlt haben musste? Niemand hat es erfahren.

Auch Ingeborg musste ihren Schmerz allein durchstehen. Und neun Monate lang die verzweifelte Unsicherheit, mit wessen Kind sie wohl schwanger war.

Die kleine Nora wurde geboren und sah gleich aus wie Fritz, wie ihm aus dem Gesicht geschnitten! Sie war ganz blond, hatte seine Nase, seine Oberlippe, seine hohe Stirn, und nach einigen Wochen und einigen Pfunden mehr sah sie aus – ganz wie ihr Vati – wie ein niedersächsischer Dorfbürgermeister. So wurde manchmal gescherzt. Bald erkannten Onkel und Tante sogar Fritz' Mimik bei dem kleinen Mädchen wieder.

Niemand weiß, ob auch Fritz während der Schwangerschaft seiner Frau die gleichen Zweifel wie Ingeborg gequält hatten. War er genauso erleichtert beim Anblick des kleinen Kindes wie Ingeborg? Seine Nora liebte er jedenfalls zärtlich.

SIE TRINKT KEINE MILCH

„Nein danke, sie trinkt doch keine Milch". Wie oft musste die Mutter das während Noras Kindheit sagen, wenn freundliche Gastgeber ihr Milch zu trinken anboten. Das war dem Kind schon unangenehm genug, doch peinlich war es, wenn manche Menschen dann auch noch die Erklärung erfuhren:

Das Neugeborene hatte im Wochenbett so heftig mit den Kieferleisten die Brustwarzen der Mutter gequetscht, dass diese sich entzündeten. In der Nazizeit hatte eine deutsche Mutter trotzdem ihr Kind zu stillen, und so wurde aus der Entzündung eine sich von Tag zu Tag verschlimmernde Vereiterung und schließlich eine Blutvergiftung. Erst als das Baby sich hartnäckig abwandte und das Saugen anhaltend verweigerte, durfte die Mutter abstillen. Oft hat sie in späteren Jahren ihrer Tochter oder vertrauten Freunden von ihrer Verzweiflung erzählt, auch über die Anklagen, die sie in den angstvollen Blicken ihres neugeborenen Kindes zu sehen vermeinte.

Noras Mutter musste weiter behandelt werden und wurde ins Henriettenstift verlegt. Ihr Mann war nicht ständig in ihrem Wohnort Hannover, denn er arbeitete auf wechselnden Baustellen in Niedersachsen. Daher brachte er sein Kind in die Nähe von Hamburg, nach Tostedt zur Schwester seiner Frau. Zu Gretel und ihrem Mann Otto.

Seine Schwiegermutter, also Noras Großmutter, blieb nun in den kommenden Monaten in Hannover, um sich um ihre schwer kranke Tochter zu kümmern. Sie brachte ihr täglich den Saft ausgepresster Apfelsinen ins Krankenhaus und machte ihr dort kühlende Umschläge. Trotzdem wurde ihre Tochter schließlich von den Ärzten aufgegeben und eines Tages von den Krankenschwestern zum Sterben in ein Badezimmer geschoben. Doch der verzweifelte Lebenswille der Todkranken und die Beharrlichkeit ihrer Mutter retteten sie schließlich, nach vier langen Monaten.

Das Baby Nora war inzwischen in der Familie der Tante Gretel mit einem Ersatz für die Muttermilch, mit der so genannten Zitrettenmilch, gepäppelt worden, war munter und gesund, würde aber nie wieder Milch trinken.

Soweit die Geschichte, die Nora schon als Kind in vielen Einzelheiten kannte. Ihre Mutter tat ihr immer sehr leid, und sie fühlte sich ganz unbehaglich, wenn sie davon hörte. Ihre Mutter betonte zwar immer wieder, dass ein Baby natürlich nichts dafür könne und auf gar keinen Fall schuldig sei. Die Ärzte seien die eigentlichen Schuldigen gewesen. Aber Nora hatte ja doch die Leiden ausgelöst, das war klar, und sie hatte mit Blicken ihre Ablehnung gezeigt, obwohl ihre Mutter doch von ganzem Herzen gern eine gute und nährende Mutter gewesen wäre.

Ein halbes Jahrhundert später besuchte Nora ihre Cousine Edith in einem Pflegeheim. Sie war dement geworden. Doch als sie an die Zeit erinnert wurde, in der Nora als Baby in ihrer Familie gelebt hatte, wurde Edith ganz lebhaft. „Ach, das war ja eine Riesenkatastrophe", rief sie aus, „als du wieder zurückgeholt wurdest. Du warst doch seit Monaten der Mittelpunkt für unsere ganze Familie. Wir konnten uns ein Leben ohne dich kaum noch vorstellen. Meine Freundin Ilse und ich, wir waren damals fünfzehn und spielten natürlich nicht mehr mit Puppen. Aber du warst so etwas wie eine lebende Puppe, die wir hin- und hertragen und an- und ausziehen

konnten. Und mein Vater erstmal! Er machte doch immer so viele Faxen, und wenn er auch nur in die Nähe des Kinderwagens kam, dann hast du vor lauter Begeisterung gegluckst und gequiekt und so wild gestrampelt, dass der ganze Wagen wackelte."

Und dann kamen also Noras Eltern. Oder war es nur ihre Mutter? Vielleicht zusammen mit der Oma? Das war nicht überliefert, und Edith wusste es auch nicht mehr mit Sicherheit. Sie erinnerte sich jedoch an den Moment, als Noras Mutter nach vier Monaten endlich ihr Kind, das sie ja nur in den ersten Tagen erlebt hatte, aus den Armen ihrer Schwester entgegennehmen wollte. Das kleine Kind drehte sich fort von dieser unbekannten Frau, und in ihrer Aufregung sagte Gretel auch noch: „Komm, Norli, nun geh doch mal zu der Tante auf den Arm!"

Zuerst erstarrten alle. Danach lagen Noras Mutter und ihre Schwester sich in den Armen und weinten. „Wir anderen mussten aber auch alle weinen", fügte Edith hinzu, „ sogar mein Vater, stell dir das mal vor!"

Ja, Nora versuchte, sich diese emotionale Szene vorzustellen. Und zum ersten Mal dachte sie daran, wie es wohl für das kleine Kind, also für sie selbst, gewesen sein mag, so plötzlich - von einem Tag auf den anderen - alle bisherigen Bezugspersonen zu verlieren! Sie wusste nichts darüber, denn die Perspektive des Babys war in der Familie kein Thema gewesen. Sie hoffte für dieses kleine Mädchen Nora, dass ihre Eltern damals sensibel, liebevoll und souverän genug gewesen waren, den womöglich schwierigen Übergang in das gemeinsame Leben erleichtern zu können!

DAS LIED AUS DEM MANTEL

Meine Mutter und ich wohnen auf einem Dorf, weil unsere Wohnung in Hannover ausgebombt ist. Mein Vater muss woanders Schienen für die Eisenbahn hinlegen und kommt immer erst am Sonnabend zu uns.

Heute machen wir alle drei einen großen Spaziergang, durch ein Stückchen Wald und dann an vielen Feldern und Wiesen vorbei. Auf einmal wird der Himmel dunkel, und ein paar Tropfen fallen, ganz dicke Tropfen. Vati ruft: „Wir müssen schnell laufen, da vorne können wir uns erstmal unterstellen!" Wir rennen dahin, da ist eine kleine Hütte. Sie ist zu, aber vor der Tür ist ein Dach. Jetzt geht es richtig los, es regnet ganz laut, und der Wind weht den Regen von der Seite auf uns. Vati sagt: „Das ist ja ein richtiges Unwetter. Komm mal unter meinen Mantel." Ich drücke mich an ihn, und so geht der Mantel sogar zu. Es ist schön warm und dunkel, ich sehe die Blitze gar nicht, und der

Donner ist nicht so furchtbar laut. Mein Vati riecht so gut nach Zigarren. Es ist gemütlich.

Ich kenne ein Lied: „Es geht alles vorüber, es geht alles vorbei, auf jeden Dezember folgt wieder ein Mai." Das kenne ich von Tante Gretel. Ich singe das jetzt, zuerst leise und dann immer lauter. Mein Vati lacht und drückt mich. Meine Mutti lacht auch und sagt zu mir in den Mantel rein: „Ach Häschen, wie gut, dass du gar keine Angst hast!"

Diese Szene gehörte zum Anekdotenschatz von Noras Eltern und wurde in den folgenden Jahren immer wieder aufgefrischt. Sie hatten nicht sehr viele gemeinsame Erlebnisse in den Kriegsjahren gehabt. An diesen beeindruckenden Ausflug mit dem fast zweistündigen Aufenthalt unter dem Vordach der Jagdhütte erinnerten sich ihre Eltern später besonders gern. Die Heftigkeit des Unwetters hatte selbst sie erschreckt, und sie hatten besorgt überlegt, wie sie ihr vermutlich verängstigtes Kind beruhigen konnten - es war ja erst vier Jahre alt.

Vor allem ihr Vater zeigte immer wieder eine heitere und zärtliche Rührung, wenn er später schmunzelnd erzählte, wie sie plötzlich die kleine Stimme aus dem Mantel hörten.

In Noras eigenem Gedächtnis blieben für immer verschwommene Bilder von dem Unterstand, ihre aufgeregte Neugier auf das Unwetter und dabei wohlige Gefühle von Geborgenheit und Wärme.

MILCH UND SCHOKOLADE

„Da sind Annegret und ich im Schnee, jede mit einem Ski."

„Wie alt wart ihr denn da?"

„Vier, glaube ich."

„Wart ihr richtig gute Freundinnen?"

„Na ja, wir kannten uns erst seit ein paar Wochen, als dieses Foto gemacht wurde. Wir waren doch in Hannover ausgebombt. Deshalb hatte mein Opa meine Mutter und mich in Wernigerode aufgenommen. Annegret und ihre große Schwester Brigitte wohnten im Dachgeschoss über meinem Opa."

Im Jahr 1975 zeigte sie ihrer Tochter Fotos aus ihrer Kindheit. „Steht das Haus denn noch?"

Sie wusste es nicht, und spontan bekam sie Lust, mit ihrem elfjährigen Kind in die DDR nach Wernigerode zu fahren und das Haus Bahnhofstraße Nr. 10 zu suchen. Hier hatte ihr Großvater während des Kriegs gelebt. Im Rahmen des kleinen Grenzverkehrs war es jetzt möglich, einen Tagesausflug über die innerdeutsche Grenze von Göttingen nach Wernigerode im Harz zu machen.

Obwohl der Krieg inzwischen dreißig Jahre zurücklag, schienen Haus und Straße äußerlich kaum verändert. Das Haus kam ihr jetzt allerdings erstaunlich klein vor. Es war ein Reihenhaus, holzverkleidet, mit einem Vorgarten, der durch einen Staketenzaun zum Bürgersteig hin begrenzt wurde. Sie konnte ihrer Tochter zeigen, wo sie mit ihrer Freundin Annegret auf der Straße im Schnee fotografiert worden war. Und sie zeigte ihr das Fenster, hinter dem sich früher das Wohnzimmer des Großvaters und seiner zweiten Frau Irmgard befunden hatte, ein Zimmer mit einem großen dunklen Bücherschrank. Auf diesem hatte neben dem Globus wochenlang ihre wie ein Schatz gehütete und nur langsam kleiner werdende Tafel Schokolade gelegen, die erste Schokolade ihres Lebens. Woher und wie diese Kostbarkeit wohl zu ihnen gelangt war? Jedenfalls hatte sie die letzten fünf Stücke nicht mehr essen können. Noch immer erinnerte sie sich gut an jenen Tag, an dem die restliche Schokolade verschwand.

Wir sind mal wieder draußen auf der Straße, Annegret und ihre große Schwester Brigitte und ich. Wir spielen oft zusammen. Es ist eine ganz stille Straße. Es ist wichtig, bei Fliegeralarm sofort ins Haus zu rennen, das wird uns immer wieder gesagt. In Wernigerode sind aber noch nicht viele Bomben gefallen. Wir hören jetzt die Sirene und laufen ganz schnell los. Wir sind schon bei unserer Haustür, da gibt es einen furchtbaren Knall, und irgendetwas wirft mich gegen die Hauswand. Ich falle aber nicht richtig hin. Brigitte schreit: „In den Keller! Schnell!" Annegret und ich laufen hinter ihr her. Da gibt es wieder so einen schrecklich lauten Knall, und das Licht geht aus. Ich bin wohl schon im Keller, es ist ja ganz dunkel, aber ich höre Stimmen um mich herum. Meine Mutter ruft nach mir, und die Mutter von Annegret ruft auch nach ihr, aber ich kann gar nichts sagen. Annegret auch nicht. Wieder ein Knall, das Haus wackelt. Vielleicht habe ich jetzt doch etwas gerufen oder geschrien. Meine Mutter ist neben mir, sie drückt mich fest an sich und nimmt mein Gesicht in ihre Hände. Sie sagt: „Norli, wein doch nicht so! Wir sind alle am Leben. Alles wird wieder gut!"

Dabei weine ich aber gar nicht. Die andern im Keller sind ganz still. Wir hören dann die Sirene für Entwarnung. Jemand macht etwas Licht, vielleicht mit einer Kerze. Alle aus dem Haus haben es in den Keller geschafft und umarmen sich, weil sie jetzt froh sind.

Auf einmal merkt meine Mutter, dass ich gar nicht weine. Das Nasse in meinem Gesicht ist nämlich lauter Blut. Da wird sie ganz aufgeregt, aber Tante Irmgard sieht, dass ich nur eine kleine Wunde von einem Bombensplitter habe. Ganz dicht am Auge. Sie zieht ihn vorsichtig heraus.

Oben im Hausflur wollen wir jetzt die Treppe zur Wohnung raufgehen, aber das geht nicht: die Treppe ist etwas kaputt, und von oben ist lauter

Schutt runtergekommen. Vor unserem Haus ist auch alles kaputt, und es gibt ein riesengroßes Loch in der Straße. Mein Opa bringt uns Kinder zu seinen Freunden, zu Onkel und Tante Weise, die in der Nähe wohnen.

Später kommen alle da an und erzählen. Die Bomben sind rings um das Haus gefallen. „Ein Glück, dass es ein Fachwerkhaus ist", sagen sie immer wieder. Es hat hin und her gewackelt, ist aber nicht zusammengefallen. Ein Mann und eine Frau sind auf der Straße vor unserem Haus gewesen. Sie haben in den Himmel geguckt und sind jetzt tot. Der junge Mann, der vorige Woche Annegret und mich als Max und Moritz gemalt hat, ist auch tot. Herr Dziony vom Haus nebenan ist auch tot.

Und alles nur, weil irgendwo Milch auf der Straße gewesen ist, das sagen sie nun alle. Meine Mutter und Tante Irmgard erzählen, wie sie den Schutt beiseite geräumt haben und in die Wohnung gegangen sind und Anziehsachen rausgeholt haben. Da gibt es keine Türen und Fenster mehr, die sind alle rausgeflogen. Ich will wissen, ob meine Schokolade noch da ist. Da lachen alle ein bisschen. Nein, die ist auch in die Luft geflogen, sagen sie.

Am Abend kann ich lange nicht einschlafen, weil ich die ganze Zeit so zittere. Ich kriege Zuckerwasser zu trinken, weil das Kinder beruhigt.

Ja, sie erinnerte sich an viele Einzelheiten, als sie nun vor dem kleinen Haus stand. Sie war aufgewühlt, trotz der langen Zeit, die inzwischen vergangen war, und konnte ihrer Tochter nur mit etwas unsteter Stimme von jenem Tag erzählen.

„Und wieso alles wegen Milch auf der Straße?" wollte ihr Kind wissen.

Ein hoher Luftwaffengeneral mit Namen Milch hatte sich damals gerade in Wernigerode aufgehalten, um ein kriegswichtiges Rüstungswerk zu besichtigen. Er war der Anlass für den Angriff der Alliierten gewesen.

EINE BLUMENBINDERIN UND EIN BUCHDRUCKER – DAS GEHT NICHT!

Sie ist fünf Jahre alt und zum ersten Mal verliebt! Er heißt Wilhelm und ist der Sohn von Tante Bertha. Nora fühlt sich schon gleich am Tag ihrer Ankunft in Zeven – im November 1944 - zu ihm hingezogen. Sie wohnen von nun an bei Tante Bertha und ihren Kindern. Nora würde also jeden Tag mit Wilhelm zusammen sein können!

Wieso ihre Mutter und sie jetzt in Zeven leben? Das ist so gekommen:

Zuerst wohnten sie zusammen mit Noras Vater in Hannover, wo sie geboren ist. Als in den Kriegsjahren nach und nach immer mehr Bomben fielen, wurde es gefährlich in der Stadt, und deshalb lebten sie erst einmal alle drei in einem Dorf, in Sebexen bei Gandersheim. Da in der Nähe arbeitete ihr Vater. Die Wohnung in Hannover wurde irgendwann kaputtgebombt. Ihre Mutter und sie sind dann „rumzigeunert", so nannte das ihre Mutter, weil sie in Sebexen nicht so lange Zeit bleiben konnten. Ein Weilchen waren sie beide in Tostedt, in der Nähe von Harburg, bei Tante Gretel und Edith und Oma Lotte. Die Wohnung war ein bisschen eng, darum sind sie nach Wernigerode am Harz gezogen, zu Opa und Tante Irmgard. Dort war es ganz schön, aber da sind sie dann auch ausgebombt. Also wieder zurück nach Tostedt.

Da war es manchmal schön und manchmal nicht so schön. Sie schliefen in Ediths Zimmer mit den roten und weißen Möbeln und mit dem Klavier. Edith, Noras große Cousine, war die meiste Zeit nicht da, sie war ein Pflichtjahrmädchen und musste woanders in einer Familie arbeiten. Onkel Otto war im Krieg. Eigentlich war es schön mit Tante Gretel, aber sie weinte fast jeden Tag, sie war irgendwie krank. Oma pflegte sie und machte alles im Haushalt. Nora wusste eigentlich nicht, ob sie ihre Oma gern hatte oder nicht so sehr. Allerdings nähte sie immer besonders schicke Sachen für Noras Puppen.

Nicht schön in Tostedt war, dass alle Augenblicke auch hier Alarm kam und sie in den großen Bunker rennen mussten, auch nachts. Deshalb schliefen sie oft voll angezogen auf dem Bett. Einmal passierte etwas auf dem Weg zum

Bunker: Tiefflieger waren plötzlich über ihnen, und alle warfen sich schnell auf die Erde. Nora fiel in eine Menge Brennnessel, und ihre Mutter stürzte auch ganz schlimm. Aber das war schon ein bisschen später, da hatte ihre Mutti schon einen dicken Bauch.

In ihrem Bauch war ein Baby, das aber noch nicht fertig war. Eine Schwester oder ein Bruder für Nora. Ihre Mutter freute sich sehr darüber, aber ihre Oma sagte immer wieder, das geht gar nicht, ein Baby in der engen Wohnung und mit der kranken Tante Gretel. Da kam Tante Bertha zu Besuch nach Tostedt und sagte, Nora und ihre Mutter könnten doch zu ihr nach Zeven kommen. Sie würden zusammen rücken, Bomben fielen dort nicht, und Mutti könnte in Ruhe im Krankenhaus das Baby kriegen. Tante Bertha war früher eine Schulfreundin von Noras Mutter. Sie ist nett und hat fast immer gute Laune.

So sind sie nun in Zeven. Das ist nicht weit weg von Tostedt und auch ein bisschen nahe bei Bremen. Tante Bertha hat zwei Kinder. Elisabeth ist schon elf und irgendwie komisch. Sie ist eigentlich auch ganz nett und spielt furchtbar gern mit Puppen, aber mehr so, als wäre sie nicht schon elf. Manchmal kann man gar nicht mit ihr reden, sie verdreht dann die Augen, lacht irgendwie unheimlich, macht komische Töne und bewegt ihre Finger immer wieder wie einen Fächer vor den Augen. Wenn ihre Mutter das sieht, schimpfte sie mit ihr, sie solle sofort damit aufhören. Aber sonst passt Tante Bertha ganz streng darauf auf, dass niemand unfreundlich zu Elisabeth ist. Den ganzen Tag lang zeigt sie ihr, wie sie sich benehmen soll, und wie man kocht und putzt. Sie macht auch Schule mit ihr. Sie hat Angst, dass die Nazis ihr ihr Kind wegnehmen wollen, weil Elisabeth anders ist als andere Kinder.

Wilhelm ist Elisabeths Bruder. Er ist neun, also ein paar Jahre älter als Nora, und er kann einfach alles. Er kann lesen und schreiben und rechnen, auch sehr schön singen und vor allem ganz wunderbar – richtig wunderbar – malen und zeichnen. Das hat er von seinem Vater geerbt, der jetzt Soldat und nicht in Zeven ist. Noras Mutter schwärmt richtig von Wilhelm und sagt immer, dass er hochbegabt ist und hochintelligent und besonders gut aussieht, mit so schönen Augen. Genau, das findet Nora auch!

Sie will am liebsten immer bei Wilhelm sein, mit ihm spielen und reden und ihn anfassen, aber er will das alles überhaupt nicht. Oft läuft er vor ihr weg. Doch so leicht lässt sie sich nicht abhängen, sie läuft einfach hinter ihm her, durch das ganze Haus oder durch den Garten. Einmal hat sie ihn geküsst, und er hat ganz laut iih geschrien! „Mädchen sind so doof", sagt er öfter. Er mag höchstens seine Schwester, die er immer beschützt.

Vielleicht mag er Nora manchmal doch ein bisschen. Er zeigt ihr, wie Lesen geht und wie man Häuser oder Bäume richtig malt, wie man ‚Nora' schreibt, wie man bis Hundert zählt und lauter solche Sachen.

Noras Vater arbeitet in der Nähe von Sebexen, wo sie früher mal in der Wassermühle gelebt haben. Jetzt nimmt er sich ein paar Tage Urlaub und kommt zu ihnen. Er sagt, er sei froh, dass sie hier so halbwegs in Ruhe leben können, aber eine Sache gefällt ihm nicht: dicht bei dem Haus fahren Eisenbahnzüge vorbei. Doch weil es hier keine Flak gibt, ist das vielleicht trotzdem nicht so gefährlich.

Auf jeden Fall sorgt er dafür, dass draußen unter den Fenstern zum Garten hin Ziegelsteine zu einem breiten Podest aufgeschichtet werden, so kann man zur Not besser über das Fenster das Haus verlassen. Man kann jetzt aber auch aus Spaß beim Spielen ganz schnell aus dem Fenster klettern und wieder zurück!

Fliegeralarm gibt es auch in Zeven, doch sie laufen hier nicht in einen großen Bunker wie in Tostedt, wo immer viele fremde Leute zusammenkommen, und auch nicht in einen Luftschutzkeller im Haus wie in Hannover oder in

Der Blick aus dem Fenster.
Im Vordergrund der Bunker.

Zeven.

Wernigerode. Hier haben sie ihren eigenen kleinen Bunker im Garten, einen Erdbunker. Oben drauf ist Erde und Gras, so dass die

Flugzeuge denken, das sei alles nur eine huckelige Wiese. Der Eingang liegt zum Haus hin und ist mit Holzstämmen abgestützt. Drinnen sind die Wände genauso abgestützt, und über den Köpfen liegen dicke Bretter quer. Nach hinten wird der Bunker niedriger, und ganz am Ende gibt es ein Luftloch, einen kleinen Notausgang. Es ist alles eng und feucht darin und riecht nach Holz und Erde. Das Schlimmste ist, dass dauernd ein bisschen Erde runterrieselt und dass Tante Bertha, die sonst immer alles so gut hinkriegt und lustig ist, Angst in dem Bunker hat. Einmal hat sie zu Noras Mutter gesagt, dass sie Angst habe, verschüttet zu werden und dass sie es bestimmt nicht durch den Notausgang schaffen könne, weil sie etwas dick ist. Es ist unheimlich in dem Bunker, auch wenn gar nichts passiert. Besonders, wenn der Alarm mitten in der Nacht kommt. Man darf doch kein Licht anmachen, weil die Flugzeuge das sonst sehen.

Für Noras Mutter wird es immer beschwerlicher, in den Bunker zu gehen, obwohl Nora gut auf sie aufpasst. Sie darf jeden Morgen fühlen, wie das Baby sich bewegt und den Bauch streicheln. Sie sagt dem Baby auch, dass es keine Angst haben müsse, es sei alles gut, sie würde schon aufpassen. Ja, und dann ist es soweit: Noras

Mutter geht ins Krankenhaus und kommt nach einer Weile mit dem Baby nach Hause. Es ist ein Junge und heißt John. Nora hat jetzt also einen Bruder! Eigentlich hätte sie gern eine Schwester gehabt, aber na gut, es ist schon in Ordnung. Er ist so ganz niedlich und hat meistens gute Laune.

Mit der Zeit fliegen immer öfter Flugzeuge über die Häuser hinweg, es gibt also immer häufiger Alarm. Einmal spielt Nora im Garten, als die Sirene losgeht. Ihre Mutter ruft ihr durch das Fenster zu, sie solle schon mal in den Bunker vorauslaufen, alle anderen kämen gleich nach. Aber da sind die Flugzeuge plötzlich schon da, und keiner traut sich mehr ins Freie. Nora steht also allein im Bunkereingang, und alle rufen ihr von den Fenstern aus zu, sie solle dort bleiben und auf gar keinen Fall zum Haus kommen. Die Flugzeuge donnern tief über sie hinweg, die Stützen im Bunker zittern, und ganz viel Sand rieselt herunter. Nora schaut verzweifelt hinüber zu dem Fenster, an dem ihre Mutti steht. Sie schreit und weint, und ihre Mutter fleht sie an, ja nicht den Bunker zu verlassen. Nora fühlt sich so schrecklich allein, von allen getrennt, und wird vielleicht gleich verschüttet werden. Nie vorher und nie nachher hat sie jemals solch eine furchtbare Angst gehabt!

An diesem Tag werfen die Flugzeuge keine Bomben auf Zeven. Alle sagen: „Gottseidank steht hier an den Gleisen keine Flak!" Aber eines Tages kommt dann doch eine Flak neben den Bahnhof, und alle sind ganz aufgeregt, weil das so gefährlich ist. Und das stimmt auch, denn bald danach passiert es!

Es ist Sonnabend. Zuerst fliegen viele Flugzeuge wie sonst dicht über die Häuser hinweg. Aber dann werden sie am Bahnhof von der Flak beschossen, das hat sie bestimmt geärgert, und darum kommen sie nach ein paar Stunden zurück von Bremen und werfen auch auf Zeven Bomben. Es ist abends, die Kinder sind gerade gewaschen worden, nur das Baby, also John, noch nicht. Die Badeschüssel für ihn steht schon auf dem Küchentisch, und sie wollen eben aus der Stube dahin gehen, da kracht es draußen. Noras Mutter kauert sich mit ihr und John blitzschnell unter den Stubentisch, dann kracht es wieder und noch viel lauter, die Fenster gehen kaputt, und die Glasscherben fliegen umher. Aber der nächste Kracher ist der schlimmste, der allerschlimmste, so furchtbar laut. Alles ist plötzlich voller Staub, man kann fast nichts sehen. Sie wollen durch die Küche in den Flur, aber die Küchentür geht einfach nicht mehr auf. Sie wissen nicht, ob Tante Bertha und Wilhelm und Elisabeth vorher in der Küche geblieben sind. Sie hören gar nichts von ihnen. Noras Mutter packt ihre Kinder, sie klettern aus dem Fenster, und in der Aufregung verfängt sich Nora zuerst noch mit einem Fuß in den zerfetzten Vorhängen. Sie laufen zum Bunker. Gottseidank kommen Tante Bertha und ihre Kinder auch in den Bunker, sie sind nicht tot. Sie sind im Flur gewesen, als die Bombe auf das Haus fiel, und eine Wand ist dann schräg über sie gefallen. Aber nicht auf sie drauf. Keiner von ihnen ist verletzt. Tante Bertha und Noras Mutti nehmen sich in die Arme und sagen immer wieder, was für ein großes Glück sie alle gehabt haben.

Danach schlafen sie zweimal nachts nebenan bei Frau Krieter auf dem Fußboden, denn das Haus ist ja nun kaputt. Aber auch von da aus müssen sie in der Nacht bei Alarm ein paar Mal rüber in den Erdbunker laufen. John muss jetzt kalte Milch trinken, weil irgendetwas in Frau Krieters Haus auch nicht mehr funktioniert.

Tante Bertha kennt einen Bauern in einem Dorf in der Nähe, da wollen sie jetzt hin, und in Zeven kennt sie einen, der hat einen Heuwagen und ein Pferd. Am nächsten Tag packen die Erwachsenen Bettzeug und Matratzen und viele Sachen auf den Pferdewagen, auch Johns Kinderwagen, und sie alle setzen sich oben auf die Federbetten. Erst einmal ist das schön gemütlich. Vorne sitzt ein Mann, der lenkt das

Pferd. Er ist ein Serbe, ein Fremdarbeiter bei dem Bauern. Er fährt los, doch plötzlich ruft er ganz laut „Flieger!" und haut das Pferd, damit es schnell läuft. Am Wald hält er an, und alle springen runter vom Wagen. Noras Mutter wirft den kleinen John Tante Bertha zu, aber die fällt mit ihm im Arm in einen Wassergraben, und beide sind klitschnass. Sie alle müssen schnell über den Graben und in den Wald rein. Die Flugzeuge fliegen ganz tief über den Bäumen, aber sie schießen nicht, auch nicht auf das Pferd auf der Straße. Vielleicht können sie es nicht sehen. Einmal noch klettern sie alle zurück auf den Pferdewagen, aber als neue Tiefflieger kommen, springen sie wieder runter und bleiben im Wald, denn auf der Straße ist es zu gefährlich. Dort haben sie eben auch ein totes Mädchen liegen gesehen, das fast schon erwachsen ist.

Über Johns weißen Kinderwagen wird nun ein schwarzer Mantel gelegt, damit die Flugzeuge ihn nicht von oben zwischen den Bäumen sehen können. In den Flugzeugen sitzen nämlich Menschen, das hat Noras Mutter ihr vor einiger Zeit erzählt. Sie stolpern nun durch den Wald und müssen sich immer wieder in den Schneematsch werfen, wenn neue Tiefflieger kommen. Die Flugzeuge dröhnen furchtbar laut dicht über den

Bäumen und sehen ganz riesig aus. Manchmal fliegen sie in großen Kreisen, so als ob sie Menschen suchen. Alle haben Angst, auch die Erwachsenen. Am meisten aber Wilhelm. Der ist sonst meistens so ruhig und gar nicht aufgeregt, doch nun zittert er dauernd und fragt immer wieder, ob sie jetzt alle sterben müssen.

Einmal sehen sie von weitem, wie ein Dorf brennt, anscheinend fast alle Häuser dort. Tante Bertha sagt, das kann nur Anderlingen oder Selsingen sein.

Irgendwann, nach vielen Stunden, kommen sie in Grafel an, wo die netten Bauern wohnen. Nun ist alles gut. Alle Häuser sind heil, es gibt viel zu essen, es ist warm und sie können wieder in richtigen Betten schlafen.

Und da sind auch Kinder zum Spielen: bei den Nachbarn die Zwillinge Martha und Ida – die sind schon Schulkinder - und in dem Hof, wo sie selber wohnen, vor allem Marie. Marie ist genauso alt wie Nora, sie hat am gleichen Tag Geburtstag! Also im Mai, wenn wieder Frühling ist. Mit Wilhelm spielt Nora nun fast gar nicht mehr, er kennt jetzt im Dorf ein paar Jungen. Ohnehin will er später keine Blumenbinderin heiraten, sagt er öfter, aber Nora möchte das nun mal unbedingt werden. Er will Buchdrucker werden wie sein Vater. Sie findet das jetzt nicht mehr ganz so schlimm. Mit Mädchen kann man sowieso viel besser spielen.

Es gibt noch mehr Schönes in Grafel: Plötzlich steht Noras Vati mit dem Fahrrad auf dem Hof! Er hat sie in Zeven gesucht und einen Riesenschreck gekriegt, als er das kaputte Haus gesehen hat. Aber nun hat er sie gefunden.

Und dann ist der Krieg auf einmal aus! Überhaupt keine Bomben mehr und keine Tiefflieger! Gar nicht mehr, nicht mal mehr Alarm. Große Panzer rollen ins Dorf, das sind die Engländer. Noras Mutter freut sich riesig, weil die die Nazis jetzt überall weggeschickt haben. Sie begrüßt die Engländer und redet gleich mit ihnen. In den nächsten Tagen dann noch mehr, sie kann nämlich Englisch sprechen. Das ist gut für das Dorf, sagen alle, das sagt auch der Bürgermeister, bei dem sie wohnen. Noras Mutter erzählt ihm nun, dass Noras Vater früher viele Jahre in einem KZ gefangen gewesen ist und dass sie das jetzt den Engländern gesagt hat. Nora weiß nicht, was ein KZ ist, aber der

Bürgermeister weiß das anscheinend und die Engländer auch.

Ja, und dann das Beste: Am 24. Mai kommen die englischen Soldaten auf den Hof und geben eine riesengroße Buttercremetorte ab, auf der steht: Happy Birthday to Nora and Mary!

GETÜRMT!

Irgendjemand musste sie am Abend zuvor verpetzt haben.

Nun war es drei Uhr nachmittags, und Helga klingelte wie verabredet unten an der Haustür. Sie hatten sich vorgenommen, nach der Schule wieder für die „Ballprobe" zu üben. Alle in der Straße taten das, jeden Tag, jedenfalls immer dann, wenn sie nicht gerade Handstand oder „freihändigen" Kopfstand trainierten. Helga und Nora waren bei der Ballprobe schon wirklich gut: längst konnten sie mit Stirn, Schultern, Ellenbogen, Hüfte oder Knie den Ball gegen die Hauswand prellen, viele Male, ohne dass der Ball den Boden berührte oder gar mit der Hand aufgefangen wurde. Auch die Reihenfolge Stirn–Faust–Ellenbogen–Knie-Fuß hintereinander, alles für sie kein Problem mehr. Erst recht Kleinkinderkram wie: den Ball unter dem angehobenen Knie hindurch an die Wand werfen. Aber neuerdings versuchten sie, in diese Kunststücke mindestens eine Volldrehung um die eigene Achse einzubauen. Das musste geübt werden.

Also: Helga klingelte, doch Nora durfte nicht öffnen. Sie hatte nämlich Stubenarrest! Stubenarrest, während alle anderen – ALLE! – draußen waren und übten. Vor allen – jedenfalls vor fast allen - Häusern hörte man das flache Plopp der Bälle, und SIE DURFTE NICHT RAUS! Dabei war sie bei der Ballprobe fast die Beste in der Ferdinand-Wallbrecht-Straße, also in ihrer Ferdi. Aber ausgerechnet sie durfte nicht raus.

Sie sauste zum Arbeitszimmer ihres Vaters, das zur Straße hinausging, und rief Helga vor das Fenster. Sie wohnten im Hochparterre. Das Arbeitszimmer hatte einen vollverglasten Erker. Jedenfalls vor dem Krieg war das wohl so gewesen, doch jetzt gab es in vielen der Flächen zwischen den Sprossen noch kein Glas, sie waren seit Kriegsende mit Pappe vernagelt. Von den sechs einzelnen Sprossenfenstern – drei oben und drei unten – waren nur die beiden mittleren verglast und ließen sich öffnen.

Nun saß Nora auf der Fensterbank im geöffneten Fenster und schaute zu Helga hinunter, und Helga stand unten und schaute zu ihr hoch. Sie konnte es kaum fassen, dass ihre Freundin Stubenarrest hatte, denn in Noras Familie gab es nur selten Strafen, das wusste sie.

Was hatte sie denn nun Schreckliches verbrochen?

Noras Vater hatte am Abend zuvor gehört, dass sie mit anderen Kindern in das zerbombte Haus auf der gegenüber liegenden Straßenseite geschlichen war. Sie taten das recht oft, natürlich immer heimlich, um sich dort mit Kreide von den kaputten Zimmerwänden und -decken zu versorgen. Damit malten sie dann Hinkelkästchen auf den Bürgersteig, „Montag, Dienstag..." oder „Himmel und Hölle". Auch die flachen Scherben, ohne die man ja nicht hinkeln konnte, fanden sie in den zerstörten Häusern. Aber es war ihnen ganz streng verboten, in diese oder in die noch brüchigere Ruine im Lister Kirchweg zu steigen. Immer wieder stürzten Wände ein. Gerade ein paar Tage zuvor war eine Mauer eingekracht, auf der sie vorher oft entlang balanciert waren. Sie war höher als ein Erwachsener! Da hatten sie immer sehen können, wer von ihnen Mut hatte und wer nicht. Ursel hatte immer Mut, Gisela nie und Helga und Nora manchmal.

Eigentlich hatten sie in den Trümmern ständig leichte Schauergefühle, denn unter den Kindern wurde oft über die Toten gesprochen oder geflüstert, die vielleicht doch noch in den Kellern lagen, und über die vielen Ratten, die dort ganz schnell hin und her huschten. Aber sie gingen trotzdem immer wieder hinein.

Dieses Mal hatte also Noras Vater davon erfahren. Verschärfend kam hinzu, dass sie während des Aufenthalts in der Ruine nicht auf ihren kleinen Bruder Nonnie aufgepasst und ihn stattdessen ihrer Freundin Gisela anvertraut hatte, die immer so verrückt nach kleinen Kindern war.

So war das also gewesen. Nun stand Helga unten, Nora saß oben im Fensterrahmen, und sie konnten sich einfach nicht mit dieser schrecklichen Situation abfinden. Was sollten sie tun? Eigentlich gab es nur zwei Möglichkeiten: Sie konnten es hinnehmen und sich damit trösten, dass sie ja doch morgen schon wieder… Ja ja. Oder aber: Ein Hochparterre ist vielleicht ein bisschen hoch, das sagt ja schon der Name, aber eine erste Etage zum Beispiel wäre noch viel höher, das käme natürlich gar nicht in Frage, klar. Aber so? Hm!

Noras Vater war nicht zu Hause, sondern in seinem Büro in der Stadt. Ihre Mutter war zur

Kur. Die „Haustochter" Elli – die anderen Mieter im Haus sagten Dienstmädchen – arbeitete in der Küche und passte dabei auf den kleinen Bruder auf. Alles eigentlich recht günstig für Nora. Und Helga schaute sie mit ihren lieben wasserblauen Augen flehend an.

Helga wohnte mit ihrem uralten, strengen Vater und ihrer stets nörgelnden und jammernden Mutter im selben Gebäude wie Nora, aber ihr Hauseingang lag „umme Ecke", auch im Hochparterre. Sie hatte alle Naselang Hausarrest, schon für ganz kleine Vergehen, und dann „türmte" sie - wie Noras Vater das nannte - sehr häufig. Sonst hätten sie doch auch nicht so oft miteinander spielen können.

Es ging für Nora jetzt also darum, ob auch sie den Mumm hätte zu türmen. Doch, den brauchte sie jetzt unbedingt, wie hätte sie denn sonst Ballprobe üben können. Da sie ihre Straßenkleidung nicht holen konnte - Elli hätte das bestimmt bemerkt - blieb sie in ihrer kurzen Turnhose aus schwarzem glänzendem Stoff und dem weißen Turnhemd, das sie für zu Hause anhatte.

Einfach war es nicht, aus dem Fenster zu klettern. Helga gab ihr Ratschläge. Nora musste sich quer zur Fensterbank auf den Bauch drehen, Füße nach draußen, sich rückwärts langsam hinunterlassen und sich dabei mit den Händen am unteren Rahmen des Fensters gut festhalten. Ja, und dann – einfach mutig loslassen! Mutig war sie allerdings gar nicht mehr, als sie da so hing, mit den Füßen im Leeren baumelnd. Aber sie konnte auch nicht wieder nach oben, also ließ sie sich tatsächlich fallen! Sie holte sich einige Schürfwunden an der rauen Hauswand, doch Schlimmeres passierte nicht.

Nora hatte natürlich ihren Ball nicht dabei, und so übten sie nun immer abwechselnd mit Helgas Ball an ihrer Hauswand. Das machte durchaus etwas Spaß, aber doch gedämpft, weil Nora immer wieder daran denken musste, wie sie wohl in die Wohnung würde zurückkehren können. Auf dem gleichen Weg nach oben zu klettern, das wäre ihr nicht möglich gewesen. Sie würde wohl klingeln müssen, um sich von Elli, die sie nicht leiden mochte, die Tür öffnen zu lassen. Und dann ihr Vater! Oh nein, das waren keine erfreulichen Vorstellungen.

Auf jeden Fall musste sie wieder in der Wohnung sein, bevor ihr Vater um Punkt halb sieben aus dem Büro kam. Sie klingelte schließlich verzagt an der Haustür und bat Elli, doch ihrem Vater nichts zu verraten. Aber das war natürlich vergeblich. So gab es also noch vor dem Abendbrot ein riesiges Donnerwetter. „Ungebrannte Asche" hätte sie eigentlich verdient, brüllte er. Was immer das war,

wahrscheinlich so etwas wie Haue kriegen. Bestraft wurde sie nicht; das für sie ungewohnt laute Donnerwetter war auch schlimm genug.

Doch als zwei Wochen später Freunde von ihm, Tante Marianne und Onkel Gustav aus Bielefeld, bei ihnen zu Besuch waren, erzählte Noras Vater ihnen mit einem kleinen Schmunzeln, wie sie sich seinem Verbot widersetzt hatte und durch das Fenster getürmt war. Belustigt wirkte er und sogar etwas stolz!

EIN SCHWIERIGES KIND

Mit neun Jahren war Nora für ein halbes Jahr in England auf dem Lande, bei Freunden ihrer Eltern. Kurz vor Weihnachten fuhr sie mit Onkel Ian und Tante Patricia für ein paar Tage von ihrem Dorf Hargrave nach London. Dort wohnten sie im Haus von Onkel Ians Eltern und der Familie seines Bruders. Das war ein großes altes Haus mitten in London, am Cadogan Square. Es war so hoch, dass es dort einen Lift gab, aber die meisten Etagen waren verschlossen, weil niemand dort lebte. Der Lift fuhr einfach daran vorbei. Nora fand das Haus zwar ziemlich vornehm, aber sehr finster und unheimlich, und sie war froh, dass sie nicht in einem Zimmer allein schlafen musste – sie hätte sich schrecklich gefürchtet. Onkel Ians Bruder hatte drei Kinder: Christabel, die nur ein paar Monate älter war als Nora, und die ein Jahr jüngeren Zwillinge Kenneth und Catherine. Nora durfte mit den Mädchen zusammen schlafen.

Die Kinder waren sehr, sehr gut erzogen, immer höflich, und auch bei den Mahlzeiten machten sie alles richtig: die linke Hand hatten sie immer im Schoß liegen und nicht auf dem Tisch, das war eine Regel in England. Sie griffen nie einfach nach der Butter, sondern sagten: „Would you pass me the butter, please!" oder „Can I have the jam, please?", auch wenn diese fast vor ihnen stand. Auch von den leckersten Sachen – oder gerade bei diesen – nahmen sie immer nur die kleinsten Stücke. So, wie Onkel Ian es ihr immer predigte!

Aber sie waren trotzdem nett, besonders Christabel. Sie war bereit, später, nach Noras Rückkehr nach Deutschland, den Hasiputz zu übernehmen. Nora musste sich also keine Sorgen mehr machen über die Zukunft ihres Kaninchens.

Hier in London meinte Mrs. Carlisle, also Onkel Ians Mutter, dass Nora neue Kleidung brauchte. Es stimmte zwar, sie hatte keine Wintersachen, nur die warme Trainingshose, die ihre Mutter mit einer Extragenehmigung der Besatzungsbehörde endlich aus Hannover hatte nachschicken dürfen. Aber offensichtlich gefiel Mrs. Carlisle Noras Kleidung auch nicht, und das ärgerte Nora. Sie mochte ihre Sachen, und sie wollte gar nicht so angezogen sein wie Christabel und ihre Schwester. Tante Patricia und ihre Schwiegermutter nahmen das aber nicht ernst und überredeten sie, mit ihnen zusammen wenigstens einiges anzusehen. In einem großen Geschäft wurden nun Kleidungsstücke ausgesucht, und sie sollte sie anprobieren. Es ging nur um die richtige Größe, nicht um Noras Geschmack. Sie sollte braune Kniestrümpfe kriegen – zu Hause in Hannover galten aber nur weiße als schick. Sie sollte einen Rock aus festem Tweed bekommen, mit anliegenden Falten, der kein bisschen flog, wenn man sich drehte. Pullover, die wohl ganz teuer waren, aber auf der Haut kratzten. Eine Jacke, die sich für sie zu steif anfühlte. Nora wurde immer mürrischer. Die beiden Frauen verstanden das gar nicht. Bis Nora schließlich auf den Boden guckte und leise und verbissen hervorstieß: „Nein, ich möchte diese Sachen alle nicht haben!" Mrs. Carlisle erstarrte und guckte sie konsterniert und sprachlos an. Tante Patricia konnte es auch zuerst gar nicht glauben. „Was sagst du denn da? Das sind alles wunderschöne und sehr teure Kleidungsstücke. Davon können die Menschen bei euch in Deutschland nur träumen. Mrs. Carlisle ist solch eine gütige und großzügige Frau. Du solltest dich schämen – du bist undankbar und vor allem auch sehr ungezogen!"

Es war eine schreckliche Szene. Nora willigte schließlich ein, die braunen Kniestrümpfe zu tragen, sowie ein Paar neuer Halbschuhe und einen ganz warmen Wintermantel. Er war beige, aus Kamelhaar, mit einem dunkelbraunen flauschigen Pompom vorn am Kragen. Bisher besaß sie nur einen ziemlich dünnen Mantel, den ihre Oma aus einer alten Wolldecke geschneidert hatte. Nora mochte ihn aber.

Später, nach dem Einkauf, wurde ein Foto gemacht, sogar in Farbe: Nora steht dort, bekleidet mit den neuen Sachen, neben einem Gartenstuhl, in dem Mrs. Carlisle sehr elegant in Hut und Mantel sitzt. Wenn Nora später als Erwachsene dieses Foto wieder betrachtete, konnte sie immer noch die angespannte Stimmung spüren. Sie erkannte dann allerdings auch, dass der so vehement abgelehnte Kinder-mantel eigentlich sehr hübsch gewesen war.

Nora war damals kreuzunglücklich über diese Auseinandersetzung. Obendrein wusste sie, ihre Mutter würde sich ganz furchtbar für sie schämen, sobald sie davon erführe. Aber manchmal konnte sie einfach nicht aus ihrer Haut heraus. Sie erinnerte sich wieder an einige Tage im Krieg, von denen ihre Verwandten immer noch gelegentlich redeten. Der Krieg war ja auch erst seit drei Jahren vorbei:

Sie waren in Hannover ausgebombt gewesen, und Nora und ihre Mutter waren für einige Monate in Tostedt bei Tante Gretel, der Schwester ihrer Mutter, untergekommen. Wenn die Alarmsirenen heulten, jeder sich rasend schnell anzog und zum Bunker lief, dann konnte es passieren, dass Nora einen der beiden

Schlüpfer anziehen sollte, die sie nicht ausstehen konnte. Sie waren zu groß und reichten bis fast zur Brust, die Beine gingen bis fast zum Knie und hatten unten Gummizüge, die immer hoch rutschten und dann in die Haut kniffen. Der Stoff war sehr dick, innen angeraut und außen glänzend-glatt, und die beiden Farben waren ganz scheußlich: dunkelbraun und hellblau. Sie konnte den Schlüpfer dann plötzlich nicht anziehen, das ging einfach nicht. Sie ließ sich nicht ankleiden und verlangte ganz verbissen nach einem anderen Unterhöschen, obwohl die Bomber doch gleich da sein würden. Ihre Oma schrie ihre Mutter an, sie habe das Kind falsch erzogen, ihre liebe Tante Gretel weinte, wie so oft, ihre geliebte große Cousine Edith beschimpfte sie wütend. Irgendwie schafften sie es jedes Mal dann doch noch in den Bunker. Und alle sagten später nach der Entwarnung: Was ist bloß wieder mit diesem Kind los gewesen? Sie ist doch sonst so lieb und artig. Kein Wunder, dass ihre Mutter manchmal sagte, Nora sei ein sehr schwieriges Kind!

OPERETTEN IN OTTER

Onkel Otto hat ihr mal wieder beide Klassenräume aufgeschlossen. Es riecht so gut darin, ein bisschen wie in ihrer Schule in Hannover. Sie glaubt, das kommt vom Bohnerwachs. Das Tolle ist, dass sie hier machen kann, was sie will, denn es sind Herbstferien. Heute Morgen hat sie auf Ediths Klavier gespielt. Sie darf das, weil ihre Cousine jetzt schon erwachsen ist und nicht mehr darüber schimpft. Sie möchte so furchtbar gern auch ein Klavier haben und spielen lernen!

Hier im Klassenraum holt sie aus dem Schrank mit den Glasfenstern einen ausgestopften Vogel, einen großen braunen Raubvogel, und stellt ihn auf den Lehrertisch. Sie ist jetzt die Lehrerin, sie ist ein bisschen streng und ein bisschen nett und schreibt mit Kreide eine Überschrift an die Tafel, zum Abschreiben: ‚Die Vögel in unserer Heimat‘. Die Tafel hängt nicht an der Wand, sondern auf einem großen Gestell, man kann sie hin und her rollen.

In Wirklichkeit ist ja ihr Onkel Otto hier der Lehrer, und der Rektor ist er auch. Es ist eine

Zwergschule. Jetzt ruft er sie. Seine Stimme hört sich immer ziemlich laut an, aber schön, etwas tief und gar nicht gemein. Sie soll schnell über den Hausflur in die Küche kommen. Die Wohnung ist ja im selben Haus wie die Schule. Aber erstmal muss sie noch kurz über den Hof auf das Stinkeklo flitzen; es ist ein Plumpsklo, in das man auf keinen Fall reinfallen darf.

Tante Gretel hat gerade im Radio eine Sendung mit Operetten entdeckt. Sie kennt fast alle Liedertexte, die in Operetten vorkommen und singt sie Nora oft vor, damit sie sie auch singen kann. Ihrer Mutti erzählt sie aber meistens nichts davon, Operetten sind nämlich eigentlich keine wertvolle Musik. Aber Tante Gretel kann ganz toll singen. Sie ist die Schwester von Noras Mutter.

Ihre Tante sitzt jetzt in ihrem knisternden und quietschenden breiten Korbsessel, sehr gemütlich mit vielen Kissen, und ihre Füße stehen auf der gepolsterten Fußbank. Auf ihrem Schoß liegt natürlich Hirohito. Der hat so schräge Augen wie der japanische Kaiser, darum heißt er auch so. Er sieht vom Kopf bis zum Schwanz sehr hübsch aus. Er miaut nie, keiner weiß, warum das so ist. Er mag Kinder und schmust gern, aber immer nur ganz kurz, nicht so lange wie seine Mutter Püppi. Die hat er bestimmt gerade aus der Küche gejagt.

Tante Gretel sitzt immer in diesem Sessel, denn sie ist sehr dick und bewegt sich nicht so gern. Das war schon so, als sie noch in Tostedt wohnte, hier in der Nähe von Otter. Wenn sie mal aufstehen will, bleibt der Sessel manchmal an ihr hängen, und dann lacht Onkel Otto immer. Gestern hat er gesagt: „Siehst du, auch der Sessel hat dich so gern, dass er dich nicht loslassen möchte!" Da haben sie alle drei gelacht.

Der Sessel steht am Tisch, vor dem Fenster, und nun sagt ihre Tante zu ihr: „Norli, füttere mal den Herd, und dann singen wir." Die Kohlenschütte ist ganz schön schwer, aber es geht. Sie ist ja schon zehn. Sie setzt sich neben den Korbsessel auf einen Hocker, auf dem sonst meistens Zeitungen mit Kreuzworträtseln und ein Bleistift und ein Radiergummi liegen. Tante Gretel lächelt sie an und drückt sie kurz an ihre dicke weiche Schulter. Das Radio steht hinter ihnen auf dem weißen Schränkchen, in dem das blau-weiße Geschirr aufbewahrt wird. Dieses Geschirr ist nur für Sonntags und für Besuch, weil es Goldränder hat. Die Erwachsenen trinken dann daraus echten Bohnenkaffee, und Nora bekommt Muckefuck.

Das Radio ist schon an, und die Musik hat gerade angefangen. Ha, diese Musik kennt sie ganz gut, das ist die mit den Rosen in Tirol. Sie singen alle beide mit dem Radio mit, ganz laut, aber auch schön.

Sie ist immer so gern hier in Otter!

KÄMPFE

Sie waren zusammen im Kino gewesen, ihre Mutter und sie. Sie hatten einen Spielfilm gesehen über eine Gruppe von Kindern, die gegen Ende des Krieges einen Bombenangriff erleben mussten. Der Film hatte die junge Nora sehr verstört. Ihre eigenen Kriegserlebnisse mit den großen Ängsten waren wieder lebendig geworden – Sirenen, sich nähernde Flugzeuge, die Befürchtung, nicht rechtzeitig in den Bunker zu kommen, das Krachen von einschlagenden Bomben und immer wieder die Angst, verschüttet zu werden. Der Krieg war schon seit acht Jahren vorbei und dieser Film hier nur ein Spielfilm, doch sie hätte am liebsten laut geweint oder sich irgendwohin verkrochen, sie wäre vor allem gern allein gewesen.

Nach ihren Kinobesuchen gingen ihre Mutter und sie meistens in die Holländische Kakaostube, tranken Kakao oder Kaffee und redeten über den jeweiligen Film. Das heißt, die Mutter redete, oft über ihre eigenen Gefühle, und ihre Tochter hörte zu. Doch dieses Mal verlief das anders: Nora nickte nicht zustimmend und machte kein mitfühlendes Gesicht. Heute schaute sie verschlossen vor sich hin, wollte nichts hören, konnte nur mit Mühe ihre Tränen zurückhalten. In ihrer diffusen Angst und tiefen Traurigkeit fühlte sie sich hilflos und verlassen.

Offensichtlich merkte ihre Mutter nichts davon. Auf dem Heimweg redete sie kein einziges Wort. Kaum waren sie wieder zu Hause und hatten keine ungebetenen Zuhörer mehr, da konnte und wollte die Mutter ihre Empörung nicht mehr zurückhalten: „Ich verstehe dich einfach nicht. Wie kannst du nach solch einem ergreifenden Film mal wieder so kalt bleiben? Du hast doch selbst den Krieg erlebt – wieso kannst du denn nicht wenigstens ein bisschen mit den Kindern mitfühlen? Hast du denn überhaupt kein Herz, keine Gefühle?" Die Mutter saß schluchzend am Tisch und gab sich die Antwort selbst: „ Dein Vater ist ja oft gefühlsarm, aber du bist viel schlimmer, du hast überhaupt keine Gefühle. Wie kann ich nur in solch einer Kälte leben? Wie soll ich das bloß aushalten?"

Was tat Nora? Sie war vierzehn Jahre alt und konnte längst abgebrüht auftreten. Sie sah ihre Mutter nicht an, grinste zum Fenster hinaus und begann zu singen. Dann ging sie singend und gemessenen Schrittes zum Badezimmer und schloss sich ein.

Was jetzt passierte, hatte die Mutter auf keinen Fall sehen dürfen: Nora ging auf der Badematte auf die Knie, klammerte sich am Wannenrand fest und versuchte, alle Laute beim Weinen zu unterdrücken. Sie weinte und weinte, bis schließlich der Schmerz nachließ.

GUTER VORSATZ – FÜR DIE PFEIFE?

‚Heute schon etwas weggeworfen???‘

Dieses Schild hat sie vor etlichen Jahren geschrieben und in ihrem Arbeitszimmer aufgehängt – es soll ihr helfen, allmählich mit dem Durcheinander in ihrer Wohnung fertig zu werden und damit vielleicht auch ihr inneres Leben übersichtlicher zu gestalten. Die Aufforderung ermuntert sie, sich hin und wieder von Gegenständen zu trennen, die sie zwar kaum jemals benutzt, jedoch – man weiß ja nie! – bis dahin für unentbehrlich gehalten hat.

Im Augenblick sucht sie gerade auf ihrem Zweitschreibtisch, einem vollgepackten kleinen Sekretär aus der Jugend ihrer Mutter, ein Fläschchen Sandelholzöl für eine Duftschale. Dabei entdeckt sie in einem kleinen Fach den Kopf einer Zigarettenpfeife. „Oh!" entfährt es ihr, und aufgeregt sucht sie nun nach dem langen Stiel, an dessen Ende der Pfeifenkopf aufgesteckt werden muss. Die Zigarette steht beim Rauchen aufrecht in diesem Kopf. Doch den Pfeifenstiel findet sie leider nicht.

Beide Teile gehörten ursprünglich zu einer bulgarischen Pfeife; jemand – vermutlich ihre Mutter - hatte sie ihr in ihrer Jugend von einer Reise mitgebracht. Sie war aus hellem Holz, Kopf und Stiel mit eingebrannten geometrischen Mustern, teilweise schwarz und rot bemalt. Der Stiel war gerade und etwa 25 Zentimeter lang. Hölzerne Zierringe umschlossen ihn in unregelmäßigen Abständen. Sie waren nicht verschiebbar, ließen aber etwas Spiel, so dass man mit ihnen leise klappern konnte.

Vor dem Spiegel studierte sie immer wieder, zu welchen Kleidern die Pfeife am dekorativsten wirkte, und ob besser mit offenen langen Haaren, hinter denen sie sich ein wenig verstecken konnte, oder mit seitlichem Zopf.

Sie war ein sehr schüchterner Teenager – Backfisch sagte man damals – doch in ihrem leuchtend korallenroten Etuikleid, mit halbhohen Absätzen und bemüht arroganter Haltung und Mimik ging sie gelegentlich in das flotteste Café der Stadt. Sie bestellte sich einen Kaffee und verschanzte sich hinter einem Buch, möglichst der Weltliteratur. In einer Hand hielt sie dabei mit einstudierter Pose ihre bulgarische Pfeife und zog an der brennenden Zigarette. Eigentlich war sie ja Nichtraucherin.

Was für ein Abenteuer! Es machte meistens großen Spaß. Niemand, der sie damals kannte, hätte es ihr zugetraut. Nicht ihre Eltern oder Lehrer, auch nicht ihre Mitschüler.

Ja, das ist nun sehr lange her. Und was jetzt?

Ein Pfeifenkopf voller Erinnerungen, jedoch ohne Haltestiel, ohne Funktion. Auch ohne Zukunft?

Im Arbeitszimmer ein nervendes Schild: ,Heute schon etwas weggeworfen???'

PINS PARASOLS

Es ist ihr nicht leicht gefallen, mit einer Hand diesen etwas vergammelten eisernen Gartenstuhl in den Schatten zu zerren, in den Schatten eines riesigen Magnolienbaums, dessen Blüten in diesen Tagen gerade aufgehen. Mit der anderen Hand hat sie ihr Handy und vorsichtig, ohne einen Tropfen zu verschütten, eine Tasse Espresso balanciert. Sie sitzt nun im weitläufigen und idyllischen Garten einer alten toskanischen Villa und kommt zur Ruhe, zu einer genüsslichen entspannten Ruhe. Die Frösche im Seerosenteich neben ihr, die bei ihrem Herannahen in Panik ins trübe Wasser gesprungen waren, sammeln sich allmählich wieder auf den großen Blättern.

Von hier aus kann sie weit über das Tal sehen, bis zu den sanften Hügeln auf der Seite gegenüber mit der selten befahrenen Schotterstraße. Ihr Blick ist nur wenig verstellt durch einige Zypressen, die sich dunkel gegen den heute etwas diesigen Himmel abheben. Das untere Ende dieses abschüssigen Grundstücks ist erkennbar an einem breiten wilden Gestrüpp-streifen. Sie hat darin schon Ginster – er blüht gerade leuchtend gelb ¬, jede Menge Zistrosen, drei Olivenbäumchen und einen Oleander entdeckt. Und zu ihrer Freude stehen dort auch zwei malerische Bäume, der eine sehr groß, der zweite etwas kleiner. Der deutsche Name fällt ihr nicht ein. Es sind kiefernähnliche Bäume, oft einzelnstehend, mit breit ausladenden Kronen. Sie wachsen in vielfältigen Formen und sehen besonders als Silhouetten vor Sonnenunter-gängen sehr fotogen aus. Sie mag diese Bäume.

Sie betrachtet sie sinnend, und zunehmend lösen sie dabei in ihr eine diffuse romantische Sehnsucht aus, ein Ziehen im Herzen, ein weit zurückliegendes, schmerzlich-schönes Gefühl. Woher kommt das? Sie sehen wie ein beschützender Schirm aus. Auf Französisch heißen sie auch pins parasols, fällt ihr ein, also Sonnenschirm-Pinien.

Und plötzlich bekommt sie ein Zipfelchen Erinnerung zu fassen: Pins parasols - Gisèle – Juan-les-Pins! Sie war wohl 17, noch Schülerin jedenfalls. Unter den pins parasols dort am Mittelmeer ließen sie sich nieder, wenn Gisèle Mittagspause hatte und sich mit ihren Freunden, ihren copines und copains, an dem felsigen Strand traf. Sie waren alle britzebraun, sportlich, gute Schwimmer und waghalsige Taucher. Gisèle wild und anmutig allen voran. Sie waren witzig und übermütig miteinander und immer nett zu ihr, dem extrem schüchternen und wasserscheuen Wesen aus dem Norden.

Der Norden, das war in diesem Fall Hannover. Hier hatte Gisèle einen langen dunklen Winter verbracht, um etwas Deutsch für die Touristen zu erlernen. Sie arbeitete im Sommer nämlich als Verkäuferin in einer Parfümerie, in ihrem Heimatort Juan-les-Pins an der Côte d'Azur.

In Hannover hatte sie eine Au-pair-Stelle in Noras Familie gehabt. Sie führte den Hund aus, ging mit dem seit kurzem gehbehinderten Vater spazieren, half manchmal im Haushalt und war bald durch ihren Deutschkurs in eine Clique lebenslustiger ausländischer Mitschüler integriert. Ein wenig kam das auch Nora zugute, denn manchmal konnte sie die Gruppe ins Kino oder auf einen Ausflug begleiten. Um sie war es vorher etwas einsam geworden, weil ihre eigenen Freundinnen von der Schule abgegangen waren und inzwischen selbst als Au-pair in London, Lille und Luxemburg lebten.

Gisèle war wohl nur wenig älter als Nora. Sie war schlank, hübsch trotz ihres etwas zu großen Mundes und einer ebensolchen Nase, mit bräunlichem Teint, glutäugig – wie Noras Mutter immer sagte – und meistens gut gelaunt. Wie ein Wirbelwind brachte sie mit ihrem Temperament Bewegung in den etwas starren und oft freudlosen Familienalltag, in dem jeder weitgehend für sich lebte. Sie nannte die Eltern zärtlich Muty und Vaty und ihre Freundin Nora-Ase. (Bei ihren Eltern hieß sie nämlich immer noch Hase.) Sie bezirzte auch den kleinen Bruder, den Hund und sogar die mürrische Hausangestellte. Eigentlich waren alle in sie verliebt.

Ob Nora wohl manchmal eifersüchtig auf sie war? Vermutlich ja, aber sie kann sich jetzt nicht daran erinnern. Sie glaubt, Gisèle war loyal und kameradschaftlich ihr gegenüber.

Sie beide schliefen in einem Zimmer. Nora besaß einen Plattenspieler und Schellack-Platten mit überwiegend klassischer Musik. Sie liebte diese Musik und betrachtete sie oft als Trost und Helfer in unglücklichen Momenten. Doch anderen Menschen gegenüber war ihr das manchmal peinlich, und so hatte sie sich erfolgreich Mühe gegeben, mit ihrer Freundin Roswitha ausgiebig für Vico Torriani zu schwärmen. Und jetzt, dank Gisèle, entdeckte sie die Welt der amerikanischen Schlager. Vor allem The Platters hatten es ihnen beiden angetan, sie hörten immer wieder The Great Pretender oder Only You, lernten die Texte auswendig und sangen möglichst perfekt und gefühlvoll mit. Eigentlich konnte Gisèle nicht singen, fand Nora, die jahrelang im Hannoverschen Mädchenchor gesungen hatte. Doch das machte nichts – die schwärmerischen Gefühle dabei waren viel wichtiger. Auch Elvis schnulzte wunderschön für sie oder The Everly Brothers. Sie träumten.

Zum Saisonstart war Gisèle dann zurück am Mittelmeer. Der Familienalltag in Hannover wurde wieder grauer und öder, der ihrige wahrscheinlich so bunt und übermütig und sonnenheiß, wie sie ihn immer beschrieben hatte. Nora konnte sich das gar nicht vorstellen. Das Meer kannte sie sowieso nur von zwei Überfahrten zwischen Hoek van Holland und England, nachts, bei Sturm. Die Nordsee eben.

Aber dann kam von Gisèles Eltern eine Einladung an Nora nach Juan-les-Pins! Sie sollte die Sommerferien bei ihnen verbringen. Sie wohnten in einem winzigen engen Haus, in dem es nur zwei Wohnräume gab: Wohn- und Schlafraum der Eltern und eine kleine Kammer für Gisèle. Diese wurde Nora zur Verfügung gestellt, darüber gab es keine Diskussion. Wo sie selbst während dieses Aufenthaltes schlief, weiß Nora nicht mehr. Man betrat ihr etwas chaotisches Zimmerchen über einen kleinen Innenhof mit meistens behängten Wäscheleinen, mit einer Palme im Kübel und rosa Bougainvilleas, die sich von Blumentöpfen, die an den Wänden aufgehängt waren, üppig verbreiteten. Die Räume waren den ganzen Tag über abgedunkelt gegen die Sonne – das leuchtete Nora schnell ein, denn noch nie hatte sie solch eine glühende Hitze erlebt.

Gisèles Mutter war eine dünne, bleiche, schütterhaarige ältere Frau, sehr still und zurückgenommen. In Noras Erinnerung war sie meistens mit Handarbeiten beschäftigt oder mit dem Lesen von Illustrierten und verließ selten das Haus. Den Vater hingegen zog es nicht so sehr in sein eigenes Haus. Er schien es ja auch mit seiner Gegenwart förmlich zu sprengen: Er war groß und korpulent, aber sehr agil trotz all seiner Fülle. Das Haus war einfach zu klein und seine Frau darin wohl zu mäuschenartig für ihn, das fiel sofort auf. Er war auch schon ein älterer Mann, seit langem im Ruhestand, von welchem Beruf auch immer. Vielleicht Handwerker oder Fischer?

Noras Schüchternheit gefiel seiner Frau sehr gut, eine solche Tochter hätte sie wohl haben mögen. Ihn machte das anfangs etwas ratlos, doch nach einer Weile kamen sie ganz gut miteinander zurecht. Manchmal erzählte er mit seiner tiefen Reibeisen-Stimme kleine Anekdoten aus seinem Leben. In Juan kannte er Gott und die Welt. Alle alteingesessenen Einwohner anscheinend sowieso, aber wie beeindruckt war Nora, wenn er von seinen freundschaftlichen Kontakten zu Picasso und Chagall sprach, die beide in der Nähe wohnten! Auch von den Reichen und Schönen dieser Welt hatte er einige bei Wein oder Kaffee oder wo auch immer kennengelernt, Juan war ja ein mondäner Anziehungspunkt für solche Menschen. War er ein Aufschneider? Wahrscheinlich nicht, denn Gisèle bestätigte seine Erzählungen, aber ein wenig damit angeben mochte er offensichtlich. Vielleicht schmückten sich einige aus der Schickeria mit ihm, er war ja originell und urig. Allerdings schien er seinerseits im Grunde nur Künstler, Fischer und Gastwirte wirklich zu respektieren. Vielleicht noch ein paar Aussteiger aus der Gesellschaft. Trug er eigentlich einen Vollbart? Nora glaubt es, doch vielleicht drängt sich da auch ein Klischee-Bild in ihre Vorstellung. Es würde so gut zu ihm passen!

Sie versucht, sich gründlicher an jenen Sommer ihrer Jugend zu erinnern. Nach und nach fällt ihr tatsächlich vieles wieder ein. Doch vor allem möchte sie herausfinden, warum ihre Gefühle bei diesen ersten Gedanken daran so widersprüchlich sind. Schmerzlich-schön. Schön – ja, unglaublich schön war es dort gewesen, der Himmel, die Sonne, das Meer, die vielen Blumen, die herrliche Landschaft, die besonders malerischen Bäume und vielerlei intensive Gerüche. Alles völlig neu für sie und geradezu unfassbar ... schön eben. Aber was daran war schmerzlich? Damals schon, als sie dort war? Oder erst später bei der Erinnerung an jene Zeit?

Fotos, mit denen sie ihrem Gedächtnis auf die Sprünge helfen könnte, gibt es nur zwei, jeweils von einem der allgegenwärtigen Straßenfotografen gemacht. Sie hat sie im Laufe des Lebens wohl des Öfteren in ihrem Album angeschaut, denn sie sieht sie deutlich vor Augen: auf einem Foto entsteigt sie im Bikini dem Meer, und auf dem anderen geht sie abends –

anscheinend forschen Schrittes – auf der Strandpromenade entlang. Sie erinnern sie daran, dass sie ziemlich oft allein unterwegs war, denn Gisèle musste ja in der Parfümerie arbeiten, bis sehr spät abends und auch an den Wochenenden. Der Laden umfasste nur wenige Quadratmeter, und in ihrer Erinnerung war er überwiegend in Türkis, Weiß und Gold gehalten. Gisèle trug dort auch immer Kleidung in diesen Farben. Sie war dezent geschminkt - in ihrer Freizeit hatte ihr Vater jede Schminke verboten - und sie redete mit den Kundinnen sehr diszipliniert, mit zurückhaltendem Charme. Eine ganz andere Gisèle als die, die sie sonst kannte. Ihre Freundin war froh, diesen Job zu haben, obwohl ihr klar war, dass sie gnadenlos ausgenutzt wurde. Manche der Parfums, die sie im Laden verkaufte, kosteten übrigens mehr, als ihre Eltern im ganzen Monat zum Leben ausgeben konnten!

Monsieur Paupy, Gisèles Vater, liebte anscheinend das Leben, das er führte. Manchmal hatte er wohl Bedenken, Nora als schüchterne und in ihren Äußerungen stark gehemmte Deutsche könnte so lebensabgewandt und sinnenfeindlich werden wie seine elsässische Frau. So nahm er sie gelegentlich mit, wenn er

Lebensmittel einkaufte. Das war ein wichtiger und sehr sinnlicher Teil seines Alltags und nahm viel Zeit in Anspruch. Er beguckte, befühlte und beschnupperte ausführlich alle Waren, verglich sie und besprach sich vertraut mit den Verkäufern. Nora lernte von ihm, die Reife von Honigmelonen am Duft und die von Wassermelonen am Klopfgeräusch zu erkennen. Dazu gehörte dann offensichtlich eine fachmännisch-konzentrierte Mimik. Courgettes wurden zu ihrem Lieblingsgemüse, und sie erinnerte sich, dass Gisèle sie in Hannover vergeblich gesucht hatte. Heute wachsen sie ja längst auch in Deutschland, unter ihrem italienischen Namen Zucchini. Monsieur Paupy verarbeitete die eingekauften Lebensmittel in seiner winzigen schlichten Küche zu köstlichen Gerichten. Mediterrane Küche eben, wie sie heute jeder kennt. Nora hatte bis dahin so etwas noch nie gegessen. Seine Frau kochte nicht und aß auch nicht gern.

Und dabei fällt ihr nun ein: er war Koch gewesen, nicht Fischer, nicht Handwerker, nein – ein Koch. Natürlich! Und zwar die meiste Zeit seines Lebens in Paris, in renommierten Hotels, wie er sagte. Und noch etwas fällt ihr dabei ein: er deutete einmal an, er habe als ganz junger Mann in einem Hotel etwas mit der sehr viel älteren und weltberühmten Schauspielerin Sarah Bernhardt gehabt, wohl so eine Art One-Night-Stand. Na, wenn das man stimmte! Gisèle war sich da auch nicht ganz sicher, aber die Geschichte gefiel ihr, für möglich hielt sie sie.

Beim Thema Männer und Frauen und Sex hielt Monsieur Paupy sich meistens bedeckt und redete mehr in Andeutungen. Sehr direkt hingegen sprach er Nora mehrfach auf ihre Akne an, er hatte dagegen nämlich ein probates Rezept: ein Mann im Bett! Beim ersten Mal war sie konsterniert, doch dann wurde klar: natürlich nur in der Ehe! Sie sollte so bald wie möglich heiraten! Es ging also um die Bändigung der Hormone, das aber in aller Korrektheit.

Das leidenschaftliche wilde Leben mit One-Night-Stands war wohl nur etwas für Männer, allenfalls für Künstlerinnen oder verheiratete Frauen. Und Nutten natürlich. Kein Wunder also, dass Gisèle streng kontrolliert wurde, von beiden Eltern. Ihr Kommen und Gehen, die Kleidung, ihr Auftreten und auch ihre Wortwahl. Ihre Mutter wollte immer wissen: Est-ce pour le bon motif? Ist es ernst, wird es in einer Heirat enden? Die beiden Mädchen machten sich oft darüber lustig, es wurde zu einer Art Running Gag zwischen ihnen. Es war also nicht erstaunlich, dass Gisèle ihre Eltern routiniert belog und ihre Freundin für Ausreden gelegentlich einspannte, wenn sie sich noch außerhalb der Mittagspause mit ihrer Clique treffen wollte. Oder – noch schlimmer - allein mit Jean-Claude, dem umwerfend schönen und selbstsicheren Star unter den Freunden! Sie war schwer verliebt in ihn. Nora wusste nicht, was sich zwischen ihnen abspielte, wenn sie allein waren, aber sie wusste, dass Gisèle ganz ohne Zweifel bis zur Ehe Jungfrau bleiben würde. Oder jedenfalls unbedingt bleiben wollte. Das war ihr heilig.

Mittags unter den pins parasols passierte also nichts wirklich Verbotenes. Die Freunde aßen irgendetwas Mitgebrachtes, sie schwammen und tobten im Wasser, rangelten miteinander oder ruhten einfach träge in der Mittagshitze aus, im Schatten, auf dem intensiv würzig duftenden Teppich von Piniennadeln. Dabei war die Stimmung aber so erotisch aufgeladen, wie Nora das noch nie erlebt hatte. Keiner der Jungen wirkte auf sie attraktiv, nicht einmal Gisèles schöner Jean-Claude. Doch die prickelnde Atmosphäre steckte sie an und ließ sie sehnsüchtig träumen.

Eigentlich weckte schon der ganz normale Tagesablauf in Juan mit seinen vielen sinnlichen Genüssen in ihr zunehmend ein neues und manchmal geradezu rauschhaftes Lebensgefühl. Sogar die Haut auf ihren Armen und Beinen trug dazu bei: sie war besonders samtig durch den Saft ausgepresster Zitronen gegen immer wieder auftretende Sonnenbrände und durch das Salz des Meeres, so dass es ihr selbst ein Genuss war, darüber zu streichen.

Monsieur Paupy zeigte ihr eines Tages seine Mappe mit einigen Zeichnungen von Chagall und Picasso. Auch diese wirkten auf sie erotisch und erotisierend. Es passte eben alles zueinander, der gezeichnete Gott Pan und Ziegen, Wein, Courgettes in Monsieur Paupys Pfanne, das mal seidige, mal wildbewegte Meer, die sengende Hitze, ihre salzige Haut nach dem Schwimmen und auch Männer, die ihr hinterherpfiffen.

Was machte sie mit ihrer Sehnsucht nach Lebensgenuss und gelegentlich sogar nach wilder Ekstase? Nun - was schon? Die Ferien gingen zuende, sie war immer noch schüchtern, packte ihren Koffer und fuhr zurück nach Hannover. Nach Hannover!

War dieser Bruch nun neben dem schönen Gefühl das gesuchte schmerzliche, das die Gedanken an die pins parasols in ihr auslösen? Ja, sie glaubt, es war so. Ihre Erinnerung an die Heimkehr in das deprimierend graue und steife Hannover der fünfziger Jahre.

Doch es war wohl noch etwas anderes dabei: Ihr Gefühl damals, die Eindrücke dort am Mittelmeer zwar begierig aufgenommen zu haben, aber mehr wie ein Zuschauer, ein Gast. Sie hatte ja doch nicht wirklich dazu gehört.

Als sie zurückkam, war sie durcheinander und ratlos. Sie wusste nicht, wohin sie eigentlich gehören konnte, was sie vom Leben wollte. Sie wusste nur eins: Hannover wollte sie nicht.

Sie war jedoch nicht wirklich traurig und schon gar nicht resigniert. Die sonnendurchglühten Erlebnisse konnte ihr keiner wieder nehmen. Zwei Jahre später wagte sie dann tatsächlich den Ausbruch aus ihrer als öde empfundenen Welt, und sie versuchte, einige ihrer Träume in der Wirklichkeit zu leben.

Aus dem ersten Zipfelchen Erinnerung ist nun doch ein großes Stück geworden, sogar ein für ihr Leben ziemlich wichtiges, wenn sie bedenkt, wie unerwartet stark die Eindrücke waren, die sie damals mit nach Hause genommen hatte. Womöglich wäre sie ohne sie später gar nicht nach Ägypten gegangen?

Sie hat die Reise nach Juan-les-Pins doch tatsächlich mehr oder weniger vergessen! Und ohne diese toskanischen pins parasols hier in ihrem Blickfeld wäre das wohl auch so geblieben.

NACHWORT

Anfangs dachte ich bei diesem Schreibprojekt natürlich an meine Nachkommen. Wenn sie etwas erfahren über meine Lebensgeschichte, dann wissen sie mehr über einen Teil ihrer Familie und können besser erkennen, was womöglich auf sie tradiert wurde – gewollt oder ungewollt. Denn „leben kann man nur vorwärts", hat Kierkegaard gesagt, aber „das Leben verstehen, nur rückwärts." Mir ging es allerdings ebenfalls darum, auch mein eigenes Leben zu verstehen.

Auf einer Schreibreise zum Thema Autobiographie suchte ich in idyllischer Landschaft aus meinem Gedächtnis Mosaiksteine meines Lebens zusammen. Sehr fragmentarisch natürlich, denn: „Nicht, was wir gelebt haben, ist das Leben, sondern das, was wir erinnern und wie wir es erinnern, um davon zu erzählen" (Gabriel García Marquez).

Auf dieser Suche bot mir meine Erinnerung sogleich mühelos und fast ausschließlich Mosaiksteine aus meiner Kindheit und Jugend an.

Warum diese zeitliche Beschränkung? Vielleicht hatte ich diese Periode bei Gesprächen mit Familie und Freunden häufiger erwähnt als spätere Zeiten.

Ich hatte schon immer einige handliche und anekdotenartige kleine Geschichtchen aus diesem Lebensabschnitt parat. Sie handelten von einem Kind, von dem ich wusste, dass es einen von ihm ungeliebten Vornamen trug, nämlich meinen, und das mir fremd war. Eigentlich sogar etwas unangenehm.

Natürlich wollte ich diese Anekdötchen nicht genau so karg aufschreiben wie ich sie gelegentlich erzählt hatte. Mithilfe von Fotos, Briefen und anderen Dokumenten suchte ich weitere Fakten über das fremde Kind.

Und dabei schlich sich zunehmend das Gefühl ein, dass ich dieses Kind, dieses Mädchen, eigentlich ja doch kenne, dass es sogar noch – missachtet zwar, aber nicht zerstört - in mir zu finden ist.
Jahrzehntelang hatte ich mich vor ihr verschlossen und sie mit eingespielten Worten ausgesperrt. Ich hatte ihre Ängste oder Freuden nicht ernst genommen, allenfalls mal

analysierend oder ironisch erwähnt, ohne sie nachfühlen zu können oder zu wollen.

Beim Schreiben wurde mir klar, dass ich beginne, sie jetzt endlich wahrzunehmen. Dabei nehme ich ein Mädchen wahr, das ganz normal und ebenso liebenswert ist wie andere auch. Das ist eine erfreuliche Entdeckung. Sie soll mir nicht wieder verloren gehen.

Ich mag sie endlich. Ich mag längst auch ihren und meinen Vornamen, doch der Name Nora sollte ihr und mir noch ein wenig schützende Distanz gewähren.

Lore I. Lehmann

wurde 1939 in Hannover geboren. Die folgenden Kriegsjahre verbrachte sie auf der Flucht vor Bombardierungen mit ihren Eltern an wechselnden Orten in Niedersachsen.

Nach Schule und Dolmetscherseminar in Hannover und nach eineinhalb Jahren Volontariat in einem Kairoer Kinderheim lebte sie in Hamburg und Göttingen. In Hannover studierte sie Sonderpädagogik, und bis 2004 arbeitete sie als Förderschullehrerin im südlichen Niedersachsen.

Seit ihrer Pensionierung besucht Lore I. Lehmann die UDL (Universität des Dritten Lebensalters) Göttingen und nimmt unter anderem an der offenen Schreibwerkstatt teil. Deren Mitgliedern und ihrer Leiterin Ruth Finckh verdankt sie wertvolle Anregungen. Ebenso ihrem Mann Peter Regenfuß und ihrem Bruder John Küster.

Lore I. Lehmann

**Adelheid
Das Geheimnis von Brunshausen**

13. Jahrhundert im Kloster: Ein junges Mädchen will unbedingt Buchmalerin werden. Gefährliche Hindernisse stellen sich ihr in den Weg!

Die damaligen Lebensumstände wurden sorgfältig recherchiert und packend beschrieben.

Taschenbuch
112 Seiten, 7 Abbildungen
5, 99 Euro
ISBN 9783739234786

Lore I. Lehmann

Harzfeger

Gibt es sie nun oder nicht,
die berühmten Harzer Hexen

Susanne, ein Mädchen aus Gittelde, ahnt die Antwort, erfährt aber erst Genaueres durch ihre Tante, Frau Kohrs aus Bad Lauterberg. Das ist spannend und einfühlsam erzählt, ernst und unernst

Taschenbuch
64 Seiten, 15 Farbabbildungen
5, 99 Euro
ISBN 783842376168